Sarah Maria Dulmilad-Hagar ☐ Eine Affaire mit Folgen

Sarah Maria Dulmilad-Hagar

EINE AFFAIRE
MIT FOLGEN

FÜR ALLE, DIE MIT DEM WEIHNACHTSFEST
PROBLEME HABEN

© 2001 Alle Rechte vorbehalten
Buchgestaltung: Nüsse Design, Hamburg
Herstellung: Books on Demand GmbH
ISBN 3-8311-2531-7

*Für die Ungläubigen
und die Gläubigen*

Nach einer wahren Begebenheit,
geschehen irgendwo in Deutschland
im Jahre des Hale-Bopp.

Für die gläubigen Christen,
für die,
die sich schwer tun
mit dem Dogma
der unbefleckten Empfängnis
ist es empfehlenswert,
gar nicht erst den Teil,
der den Ungläubigen gilt
anzuschauen.

Sie,
die Gläubigen
könnten sonst zum Zorn verführt werden
was nicht die Absicht
dieser Weihnachtsgeschichte ist.

Um den Teil,
der den Gläubigen gilt
gut von dem Teil für die Ungläubigen
unterscheiden zu können,
ist der *Teil für die Gläubigen*
in Handschrift
geschrieben.

Und es geschah
ein Jahr bevor der Hale bopp
über Deutschland stand,
im Zeitalter von Aids,
in dem fast jedermann
besonders für den außerehelichen Geschlechtsverkehr
ein Kondom benutzte
In dem Jahr,
in dem der Papst Deutschland besuchte
und in der Schloßkirche zu Wittenberg
die Kirchenspaltung überwinden wollte,
sogar indem er sein Amt niederlegen wollte
falls dies die Bedingung der ev. Kirche sei.

Es geschah,
daß Zacharias einer jungen Frau glaubte,
sie habe ihre unfruchtbaren Tage
und das im Zeitalter des Unglaubens in Europa
und dem Bestreben nach Sicherheit,
das in Deutschland
besonders groß war.

Es geschah,
daß Zacharias sein Kondom vergaß
oder nicht benutzen wollte
schmälerten die Gummis doch seine Lust.

Knaus und Ogino
hatten jedoch
für den entscheidenden Rechenfehler gesorgt.

2000 Jahre nach Christi Geburt
im Jahre des Hale-bopp
liebte eine junge Frau,
nennen wir sie Maria,
einen älteren Herrn
namens Zacharias,
der mit Elisabeth
verheiratet war.

Die Liebe war rein geistiger Natur,
dennoch war Maria erschrocken
als ihr ein Engel erschien im Traum,
der ihr sagte,
sie werde die Gottestochter gebären.

Sie wunderte sich
über eine unbefleckte Empfängnis.

Und da Elisabeth
um ihre Liebe zu Zacharias wußte,
bekam sie ein schlechtes Gewissen
und suchte sie
in ihrem Heim auf.

Elisabeth erschrak
und freute sich gleichzeitig,
über Marias Vertrauen
Sollte es wirklich stimmen,
daß Maria ihren Mann
nur auf rein platonische Art liebte?

Sollte sie wirklich Maria glauben?
Auch, daß sie mit Josef
eine Josefsehe führte?

Nun, Maria hatte Sie noch nie angelogen,
sie schien ihr so rein
hatte so ehrliche Augen.

*Aber woher sollte dann das Kind
kommen?
Woher?
Auch wenn es ja schließlich,
wie wir alle,
ein Gottes Kind war.*

Und so faßte Elisabeth einen Plan
Auch sie wollte nicht,
daß Gerede aufkam im Dorf,
und so meinte Sie,
sie solle Josef erzählen,
es sei Gottes Kind.
So wie wir alle.

*Froh ging Maria von dannen
und erzählte die frohe Botschaft
ihrem Josef.*

*Die Geschichte vom Engel
vom Kind Gottes
und dem Stern
unter dessen Zeichen
das Kind schließlich geboren werde.*

Und Josef,
der gläubig war
und Maria glaubte
fand sich in seine Vaterrolle ein.
So vorbildlich,
daß noch heute von ihm erzählt wird,
und freute sich auf das Kind.
Auch wenn er anfangs so seine Zweifel
hatte.

Aber Josef
war ein gutmütiger Mann
ein friedfertiger Mann
Er nahm das Kind an
wie sein eigenes
ohne das Wunder des Lebens
verstehen zu wollen.
So jedenfalls
würde man es erwarten
von Josef.

Doch zurück
zu unserer Maria 2000
und old-Zacharias:

Mit Schrecken
oder klammheimlicher Freude
hatte die junge Frau,
Jungfrau Maria
unbefleckt,
denn der Flecken
war ja nicht entstanden
auf dem Bettuch,
ein Kind empfangen,
listig nutzend
den günstigen Zeitpunkt.

Elisabeth,
die Frau von Zacharias
weilte derweil
nichtsahnend
gutgläubig
mit ihren Kindern
in Paderborn
beim Besuch des Papstes in Deutschland.

Elisabeths Mann
hatte im Jahr zuvor
seinen Vater verloren.
Er begann über den Sinn des Lebens
und den Tod nachzudenken.
Kurz gesagt,
er geriet in die
Midlife-crisis
und nörgelte nur noch an Elisabeth
und allem, was sie tat
herum.

Wie sie das Essen kochte,
wie sie den Haushalt führte,
wie sie die Kinder erzog,
Nichts,
aber auch gar nichts war ihm mehr recht.

Gerade so
als ob er Elisabeth
für alles Schlechte in seiner Welt
verantwortlich machte.

Und sie,
sie ließ es sich gefallen.
Sie bemühte sich,
weil er es forderte,
und sonst völlig ungenießbar wurde,
immer besseres Essen
auf den Tisch zu bringen.

Bis sie schließlich
vom ganzen Essen kochen
und Essen
und Naschen
begann
dicker zu werden.
Wie so häufig
Frauen ihres Alters.

Zacharias dachte,
das kann es doch noch nicht gewesen sein,
am Ende wird Elisabeth
noch so dick wie meine eigene Mutter,
für die ich mich so geschämt habe
als junger Mann.

So nutzte er die Gelegenheit,
sich der Trauer um seinen Vater,
der düsteren Gedanken
an Tod und Vergänglichkeit
und des ganzen Mid-life-frustes
zu entledigen.

Und er verabredete sich mit der Jungfrau Maria
an geheimen Ort
in einem kleinen Ort
irgendwo in Deutschlands Provinz,
was gar nicht so leicht war,
wie jedermann,
der verheiratet ist
und ähnliches im Sinn hat,
weiß.

Aber keiner hat's gemerkt,
zunächst jedenfalls nicht,
zum Glück!
Zacharias und Maria waren schon schlau
beim Auswählen von geheimen Plätzen
in diesem Tratschnest.

Und so traf er sich wieder
gerade an dem Tag
des Knaus-Oginoschen Rechenfehlers,
als Elisabeth in Paderborn weilte,
zum verbotenen
und daher um so verlockenderen
Geschlechtsverkehr.

In heißer Liebe entbrannt,
verschlangen sie sich
schlangengleich und engelsgleich
zugleich.
Denn verbotene Liebe
ist ja besonders köstlich
und verleiht Flügel.

Alles,
was sein jetziges Tun
alles nach sich ziehen würde,
war ihm freilich nicht klar.

Auch nicht
daß ihm ab dem Moment,
als ihm die Erkenntnis kam,
eine gespaltene Zunge wuchs
wurde ihm erst später klar.

Die Jungfrau Maria aber
ersehnte sich so sehr
Zacharias ganz für sich zu gewinnen.

Er stellte mehr dar
als ihr Josef,
war angesehener,
witziger und wortreicher.
Seine gespaltene Zunge
hatte freilich auch sie nicht bemerkt.

Auch konnte er besser zuhören
als Josef
der immer nur von seiner Zimmermannsarbeit sprach
und viel auf Montage war.
Der einfach wortkarg war.

Zacharias,
ja er verstand sie.

Sie, die jeden Sonntag alleine dasaß,
da Josef zum Skatspielen ging
und sie sitzen ließ
mit ihren kleinen Kindern,
was die junge Frau Maria
äußerst langweilig fand.

Mit den Sonntagen konnte sie nämlich
schon lange nichts mehr anfangen
Kirche fand sie langweilig.
Was hatte sie schon
mit diesen altmodischen Geschichten,
die dort verkündet wurden,
zu tun,
sie katholisch
Josef und ihre Kinder evangelisch,
weil's ihr egal war,
genau genommen.

Wie sollte sie noch
etwas Sinnvolles
mit dem Sonntag anfangen?

Fernsehen,
was Josef im Übermaß tat,
war ihr zu langweilig geworden.

Das Kindergezanke und -geschrei
hatte sie gründlich satt
und so traf es sich,
daß die noch recht junge
und hübsche Großmutter
ihrer Kinder
sich freute,
die Kinder
des Sonntags zu nehmen.

Und so eigneten sich
die Sonntage prächtig,
sich mit ihrem lover
old-Zacharias
heimlich zu treffen.

Und die Sonntage
bekamen wieder einen Sinn
für Maria.

Zacharias hatte nämlich
die Sportmasche für sich entdeckt.
Er brauchte ja Ausgleich
bei seiner sitzenden Tätigkeit.
Und so fiel es nicht auf,
wenn er immer mehr und mehr
Fahrrad fahren ging
und Joggen
und Tennisspielen.

'Mal trafen sie sich
im nahe gelegenen Wald,
in einer verborgenen Waldhütte,
à la Effie Briest,
dann mußte das Auto als Liebeslaube herhalten,
wenngleich auch recht unbequem.

Die Phantasie, sich heimlich
aus verbotener Liebe zu treffen
war schier unerschöpflich.
Die junge Frau Maria
und old-Zacharias
waren stolz
auf ihren Einfallsreichtum
und gingen wie auf Wolken
im siebten Himmel,
den es ja gar nicht gibt,
jedenfalls nicht auf Dauer.

Außerdem
ist in der Bibel
doch nur von einem Himmel die Rede.

Aber
mit der Bibel
und dem Himmel
nahmen sie es nicht so genau.
Sie wollten lieber
an den siebten Himmel glauben
und an die sieben Chakras,
die sich mehr und mehr öffneten
bei der Jungfrau Maria.
Marie war außer sich vor Freude

als sie den B-Test machte
und der kleine braune Ring,
der ersehnte
sich im Reagenzglas zeigte.

Schon träumte sie
von einem goldenen Ring,
einem Ehering
den ihr Zacharias
bei Orgelmusik
überstreifen sollte.

Ihr Plan war also geglückt.
Freudig ging sie ans Werk,
nahm an einem Heuchelkurs teil,
wie sie überall
in den psychologischen Praxen
angeboten wurden.
Natürlich zum Selbstzahlen,
denn hier
machten die Krankenkassen
wirklich nicht mehr mit.

Und sie heuchelte
Betroffenheit,
Ratlosigkeit,
Entsetzen.
Übte schrille Schreie ein,
wie
'Nein, wie konnte das nur passieren?'

Die Geschichte mit dem Engel,
der Jungfrauengeburt
und dem Gotteskind,
die wollte Maria
nicht erzählen.
Das kam ihr doch
wirklich zu albern vor
im Jahre des Hale-Bopp
fast 2000 Jahre nach Christ Geburt.

Obwohl,
ja bedenkt man es richtig
jedes Kind,
ja wir alle,
doch Gottes Kinder sind.

Zacharias glaubte ihr
Er kannte sich nicht so gut aus
mit Heuchlerinnen.
Bislang war er immer seiner Elisabeth treu gewesen.
Kannte sich also auch mit dem Lügen nicht so gut aus.

Und die junge Frau Maria
war aus Liebe
so brillant im Heucheln geworden,
daß selbst sie nicht mehr vermochte
Wahrheit, Halbwahrheit, Phantasie und Lüge
zu unterscheiden.

Sie glaubte einfach
ihren eigenen Lügen
je mehr sie sie sprach
um so mehr.

Dieser psychologische Trick
war ihr also gelungen-
hatte ja schließlich auch
genug gekostet.
Der Heuchelkurs.
Und ihr Herz
war überwältigt
von Selbstliebe und Stolz.

Ihr war es gelungen
Zacharias
old-Zacharias
zu becircen
ihn,
der von vielen jungen Frauen
begehrt war.
Und keine erhört hatte.
Bislang.

Ihn,
von dem es hieß,
er führe eine gute Ehe.
Was schließlich nicht oft vorkam.
In diesen Tagen.

Stolz,
daß sie Elisabeth,
immer noch schön für ihr Alter,
ausgestochen hatte.

Stolz auf ihren geglückten Plan,
ihre Schwangerschaft,
die sie aus ihrem Elend,
ihrer Leere und Langeweile
erretten sollte,
hineinkatapultieren sollte
in ein Leben voller Freude,
Liebe und Zärtlichkeit,
was sie immer an Elisabeths Leben
beneidet hatte.

Auch *Habsucht* spielte eine Rolle.
Beneidete sie Elisabeth um ihren Reichtum,
wollte sie am liebsten an ihre Stelle treten.
Die Reichtümer und das Leben der Elisabeth
genießen,
so wie sie es sich dachte,
daß es sei.

Sie blühte innerlich auf,
war von Leben erfüllt
und von Tag zu Tag
wurde sie
schöner
und old- Zacharias
immer leidenschaftlicher,
immer wollüstiger
und immer verliebter

in sich
und in sie.

Er fand sich einen tollen Hecht,
der geile Specht,
der endlich seinem
wie er fand
biederen, spießigen
kleinbürgerlichen und kleinstädtischen
Dasein
einen unbürgerlichen Tatsch gegeben hatte.

Zacharias entstammte nämlich
der '68 ziger' - Generation,
der Generation,
die in Deutschland 1968
gegen das Establishment
ihrer Nazischweinväter
auf die Straße gegangen waren.
Gegen das bürgerliche Establishment,
zu dem er jetzt selbst gehörte.

Schließlich hatte er ja
vor kurzem gebaut, was für ihn
eigentlich
der Inbegriff des Spießertums war.

Endlich wurde ihm sein alter Jugendtraum
von einem unbürgerlichem Leben,
frei und ohne Reglement
erfüllt.
Und Stolz
und Selbstzufriedenheit
machten sich in ihm breit.

Bei allem Zweifel
über sein Tun,
der ihm im Gesicht stand
und old- Zacharias
in diesen Tagen
wirklich alt aussehen ließen.

Aber,
seine Zufriedenheit
währte nicht lange.
Eigentlich
hatte es ja nur
ein Spiel sein sollen
mit Maria
aber doch kein Krippenspiel.

Eigentlich
liebte er immer noch Elisabeth
die schon anfing
verbissen
Fitneßübungen zu machen.
obwohl ihr das gar nicht lag,
so tat sie es doch
aus Liebe zu Zacharias
und weil ihr auch nichts Besseres einfiel,
alle Diäten sowieso versagt hatten
und auch sie
dem Jo-Jo-Effekt erlegen war.

Aber
sie tat´s einfach
gegen ihr inneres Gefühl
um Zacharias zu gefallen
so sehr liebte sie ihn.

Schon lange hatte sie bemerkt,
daß etwas nicht stimmte
mit Zacharias.

Er kam immer später heim,
mußte plötzlich noch mal weg,
war eigenartig gehetzt,
abwesend,
hatte noch eine Beprechung,
mußte auf Geschäftsreise,
und war mindestens
an vier Abenden in der Woche
außerhäusig.

Viel fuhr er Fahrrad,
nahm Elisabeth nicht mit,
da sie ihm zu langsam war.
Dann mußte er schnell noch mal mit dem Hund raus
und das zur nächtlichen Stunde
und
blieb viel zu lange weg.

Sprach Elisabeth ihn darauf an,
wurde er ungehalten,
was Elisabeth verdächtig vorkam.

Dann wieder
kam er aus der falschen Richtung
von der Arbeit.
So spät,
ach, der arme Mann,
daß er auch gar so viel
arbeiten mußte.
Dann muß man ihm doch
auch seinen Ausgleichsport gönnen
und ihn entlasten
und verwöhnen
und verstehen.

Er sah ja auch schlecht aus,
so wie lange nicht mehr
oder noch nie
seitdem Elisabeth ihn kannte
und das war schon
sehr, sehr lange.

Er wirkte
angestrengt
überarbeitet
gestreßt.

Zum Glück
so dachte Elisabeth manchesmal
bin ich eine Frau
muß ich mich nicht so abrackern
wie er.
Unterliege nicht derart
dem Karrierestreben.

Doch bei aller Arbeit,
ein Verdacht
nistete sich in ihrem Herzen ein
und wuchs
wurde zu
Eifersucht
und wuchs und wuchs,
so sehr häuften sich
die Verdachtsmomente.

Wiederholt sprach sie Zacharias an,
fragte ihn
ob er heimlich eine Braut habe,
was er stets verneinte
ja ihr unbegründete Eifersucht
Spinnerei
ja Hysterie unterschob.

Auch schob er ihr
mehr und mehr
jeden Fehler
alles was schief lief
besonders auch die Fehler der Kinder
in die Schuhe.

An allem
aber auch allem
sollte Elisabeth Schuld haben.

Maria aber, die Göttliche,
mit der er sich weiter
heimlich traf,
hob er in den Himmel
in Gedanken.
Er war ja auch verliebt.

Elisabeth glaubte seinen Beteuerungen
Schließlich hatte sie old- Zacharias
noch nie beim Lügen erwischt.

Er war doch sonst
ehrlich
zuverlässig
lieb zu den Kindern
wenngleich
in der letzten Zeit
er auch für sie
das rechte Interesse
schien verloren zu haben.
Daß diese göttliche Person,
die junge Frau Maria
dahinter steckte,
das wußte Elisabeth noch nicht
nur merkte sie,
daß old- Zacharias
immer mehr nach jungen Mädchen schielte
und sie heimlich
mit ihr verglich.

Beim Einkaufsbummel
machte er spöttische Anmerkungen
daß ihr Kleidergröße 36 und 38
nicht mehr paßte.

Er vernachlässigte
die ehelichen Pflichten
schlicht weg
mit ihm war als Mann
und Ehemann
einfach nichts mehr anzufangen.

Old Zacharias benahm sich
kurzgesagt
Elisabeth gegenüber
wie ein pubertierender Jüngling
seiner Mutter gegenüber.

Elisabeth konnte ihm
einfach nichts recht machen.
So sehr sie sich auch bemühte.

Alles,
was sie tat,
war sowieso falsch
so daß Elisabeth
langsam
die Lust verlor
noch irgend etwas
für old- Zacharias zu tun.
Und *Trägheit*
machte sich breit.

Er benutzte sie
sowieso nur noch
für Dienstleistungen.

Fragte nur noch Fragen wie:
Wann denn das Essen fertig sei.
Wo seine Unterhosen seien
und beschwerte sich
wie ein Gast in einem gammeligen Hotel
über Spinnweben
Staubflocken unter den Betten,
die Elisabeth,
zugegeben, oft aus
Trägheit
nicht entfernt hatte.

Ja, Elisabeth
verlor mehr und mehr an Kraft,
wurde träger und träger,
so sehr war sie in Gedanken damit beschäftigt
sich einen Reim darauf zu machen,
auf all die kleinen Ungereimtheiten
ihres Alltags
mit old- Zacharias.

So viel war sie in Gedanken,
daß sie manchmal ganz schusselig wurde,
nicht richtig zuhörte,
nicht bei der Sache war
Sachen verlegte, suchte
und nicht mehr fand
und sich so
mehr und mehr
zum Gespött
von old-Zacharias machte.

Langsam
zweifelte sie an sich selbst.
Was war nur los mit ihr?
Es stimmte wirklich etwas nicht.
Mit ihr?
Mit old-Zacharias?
Er schien Recht zu haben,
sie war einfach nicht mehr die Alte.
Nicht mehr wie früher,
ob das wohl schon die
Wechseljahre waren,
in denen die Frauen oft ausgewechselt werden?
Oder ob sie einfach alt wurde?

Für die Kindererziehung
fehlte ihr oft die Kraft
und die Durchsetzungsfähigkeit.

Ihr Sohn
der immer weniger seinen Vater sah,
wuchs ihr mehr und mehr
über den Kopf,
wollte nicht mehr hören,
schließlich sagte ja selbst sein Papa,
daß seine Mutter zu bestimmend und kontrollierend
sei.
Ein Gespräch hatte er belauscht,
als sein Papa seiner Mama vorwarf,
sich wie im Gefängnis zu fühlen.

Es stimmte doch,
daß Mama den Papa
immer zu Hause behalten wollte,
obwohl Papa doch so gerne
Fahrrad fahren und Tennisspielen wollte
und nicht Rasen mähen
oder Altpapier und Flaschen wegbringen.

Also
so dachte der Junge
was Papa tut
möchte ich doch auch.

Ein rechter Mann
oder einer,
der es werden will,
muß sich gegen die Weiber
durchsetzen,
also fangen wir schon mal
bei der Mama an.

So hatte Elisabeth ihre Schwierigkeiten
mit ihren beiden "Männern"

Nachbarinnen und Freundinnen
trösteten sie,
so seien Jungens und Männer eben.
Bei Ihnen sei es das selbe.
Man könne ihnen etwas sagen
und schon fühlten sie sich bevormundet.
So sei es auch bei ihnen.

Nun,
so gab Elisabeth
eben dem Y-Chromosom
die Schuld.
Das, so hatte man schließlich herausgefunden,
ein abgebrochenes, unvollständiges
X-Chromosom sei.

In den Zeitungen konnte man in dieser Zeit lesen,
daß möglicherweise
Eva
und nicht Adam
der erste Mensch
bzw. die erste Menschin
gewesen sei.

Adam,
ein Gen-Unfall?
Ein abgebrochenes X-Chromosom?

Nein,
so wollte Elisabeth die Männer auch nicht betrachten!
Dazu hatte sie sie viel zu lieb.
Schließlich hatte sie ja bisher
nur gute Erfahrungen
mit ihnen gemacht.

Verlassen worden,
von einem Mann
war sie noch nie.

Nein,
immer war sie es gewesen,
die mit ihnen Schluß gemacht hatte.

Und zwar immer schnell
und gründlich.

Sollte dies im Alter anders werden?
So fragte sich
zornig
Elisabeth.

Sollte sie das Schicksal
der anderen Frauen teilen müssen?
die in der Mitte des Lebens,
kurz vor den Wechseljahren
einfach kurzerhand
ausgewechselt wurden?

Mit halbstarken Kindern
einfach sitzengelassen wurden,
weil die Männer in diesem Alter
Lust
auf Austauschmodelle bekommen,
schon seit alters her?

Austauschmodelle,
die sich ja immer reichlich anbieten
und reichlich finden lassen,
seit alters her.

Ja,
sie lebte in einer Welt
in der Austauschmodelle
Mode waren.
In der Politiker,
die etwas auf sich hielten,
stolz die Frauen wechselten
und vorzeigten,
alle paar Jahre.

Es war eine Zeit,
in der selbst Models
zig-mal pro Jahr
betrogen worden sein sollten.
So behaupteten es wenigstens
die Klatschspalten.
Man konnte sie sehen,
mit völlig entnervtem Gesicht
und eifersüchtigen Augen
von den Titelblättern lächeln.

Es war eine Zeit
in der sich Spielzeughersteller
nicht scheuten,
diese Models
als Plastikpuppen
zu verkaufen
So groß war das Bedürfnis
nach puppenartigen Frauenwesen,
insbesondere seitdem
zickige Emanzen
die Hirne und Körper der Frauen
verdorben hatten.

Ja viele Frauen
schienen den Männern verhext
von dieser Oberemanze,
und beklagten sich,
daß nichts mehr lief
in den Schlafzimmern,
weil Frauen
plötzlich verstanden werden wollten.
und sich mißachtet fühlten.

Oder verweigerten sie
den Geschlechtsverkehr,
wurden jungfräulich,
weil sie insgeheim
die Untreue und Lügen
ihrer Männer spürten?

Bei soviel Unwillen
der Ehefrauen
mußten die Männer ja
auf willige zurückgreifen,
die es schließlich genug gab,
im Zeitalter der sexuellen Revolution.

Hexenverbrennung 2000.

Nur wollte keine Frau
mit eigenem Willen
in dieser Zeit
gleich zur Hexe werden.

Das hatten sich die meisten geschworen.
Sie lasen fleißig in den Frauenmagazinen,
richteten sich nach den dort verkündeten Normen,
um ja nicht
zu den Hexen gezählt zu werden,
zu denen frau unweigerlich gehörte,
wenn frau es wagte,
wirklich gleiche Rechte
und Pflichten zu fordern.

War ja auch wirklich schlimm
was da so stand
in den Emanzenblättern.
"Pascha des Monats"
na ja,
so schlimm war´s doch wirklich nicht,
wenn man´s doch richtig betrachtete,
standen doch viele Männer
eher unter dem Pantoffel.

Machten Hausarbeit,
wurden zum Teil deswegen belächelt
natürlich heimlich nur,
insgeheim auch im Stillen
als Schlaffi tituliert.

Andererseits wurden die Frauen
dieser "Neuen Männer"
auch beneidet
und so hatten
sowohl Elisabeth
als auch Maria
zwiespältige Gefühle
staubsaugenden Männern gegenüber.

Sah ja auch irgendwie lächerlich aus
ein Mann und ein Staubsauger.
das war doch eine viel zu trockene Angelegenheit
sozusagen staubtrocken.
Was aber eigentlich
Männern doch eher liegt?

Eher, als zum Beispiel Nachrichtensprecher,
da doch schließlich die Sprache
doch gar nicht unbedingt
Männersache ist.

Schließlich,
so bestätigt jeder Lehrer,
seien Jungen meist weniger sprachbegabt.
Und Lehrer wissen alles,
das weiß doch jeder,
sogar,

so wird gespottet,
alles besser.

Als Elisabeth noch ein Mädchen war
gab es zum Beispiel
noch kaum Nachrichtensprecherinnen.
Frauen,
die anfingen
im Radio
die Nachrichten zu verlesen,
hatte sie als Kind
rundweg abgelehnt,
als unpassend,
unsachlich,
ja albern empfunden.

Heute
fand sie und jeder
es selbstverständlich,
daß Frauen
die Nachrichten lesen,
oft sogar besser,
so fand sie,
als die Männer,
eben nicht so trocken.
Warum also
sollten Männer
sich nicht
für so staubtrockene Arbeiten
wie das Staubsaugen eignen?

Kurz gesagt,
es war eine Zeit.
in der zunehmend
die Frauen forderten,
Rechte und Pflichten
gleichmäßiger
auf beide Geschlechter
zu verteilen.
Zumindest in der westlichen Welt.

Was Männer,
so schien es,
teilweise schwul machte
oder
sie zur ewigen Suche
nach der richtigen,
noch willigen,
dienenden Frau
verleitete,
wodurch das Zusammenleben
von Frauen und Männern
nicht leichter wurde
und die Halbwertszeit
der Haltbarkeit von Ehen
erheblich,
bedenklich sank.

So, daß allerorts
aus Halbherzigkeit
halbe Familien,
Halbgeschwister
Patchworkfamilen
entstanden.

Auch Frauen
beteiligten sich eifrig
an der ständigen Suche
nach dem
noch besseren Mann.

So unzufrieden
waren sie
mit dem anderen Geschlecht,
daß auch sie,
ihrerseits
anfingen
die Männer auszutauschen,
wenn sich die ehemals angetrauten
als fehlerhaft erwiesen.

Schlichtweg
es war eine Zeit
in der Perfektheit,
fast göttliche Vollkommenheit
bei Mann und Frau,
hoch im Kurs stand.

Die Schauspielkunst,
die erforderlich war,
um dies hohe Ideal zu erreichen,
wurde von den Menschen
mehr und mehr verbessert,
so daß Original und Fälschung
selbst von Kennern,
selbst von Fälschern
und Falschspielern
ja selbst von den besten
Schauspielern selbst
nicht mehr sicher
zu unterscheiden waren.

Als-ob-Persönlichkeiten
so nannten sie die Psychiater.
Scharenweise
bevölkerten sie
die psychiatrischen Praxen
um in einhundert Therapiestunden
und mehr
ihr wahres Selbst
zu entdecken.

So weit
hatte die Verlogenheit
um sich gegriffen.
Selbst im Radio waren Lieder
über Mogelpackungen
zu hören
Lieder von der Enttäuschung,
die es bereitet
nach dem näheren Kennenlernen

vor dem Nichts, der großen Leere
zu stehen.
Ja,
der Sinn des Lebens
war in dieser Zeit
einfach flöten gegangen.

Mehr und mehr
hatten sich die Menschen
rein materiellen Werten
verschrieben.

Geistige
moralische Werte
war allenfalls nur noch ´was
für Spinner.

Bestenfalls
wurden Menschen,
die danach suchten,
oder sich an ihnen orientierten
milde belächelt.

Und in dieser Zeit
der Sinnlosigkeit
gebar Maria
eine Tochter.

Und dies genau an dem Tag
an dem der
Hale-Bopp
der Sonne am nächsten stand.

Hale-Bopp
der Stern von Bethlehem
war nach 2000 Jahren
zurückgekommen.

Nacht für Nacht
konnte er beobachtet werden
am sternenklaren Himmel
geheimnisvoll strahlend.

Zacharias
besuchte heimlich
sein Kind
ein süßes Töchterchen
mit dem Namen Hikma,
was Weisheit bedeutet,
im arabischen
und war zu Tränen gerührt.
Doch seine Vaterschaft,
die sollte heimlich bleiben.
Zu peinlich war ihm

die ungewollte Schwängerung
seiner Geliebten.

Niemand im Städtchen
wußte von dem besonderen Kind.
Maria war verzweifelt,
und bald
sollte sie lebensmüde
selbstmordgefährdet werden.

Josef nämlich
wollte gar nichts wissen
von dem Kind,
hatte er doch schon seit langem
eine Josefsehe geführt.

Auch hatte Maria ihm
schon in der Schwangerschaft gesagt,
daß sie ein Kind
von einem anderen
erwarte,
was ihn schier
in Verzweiflung stürzte.
Eine Welt brach für ihn zusammen.

Er, der betrogene Ehemann
noch mit diesem menschgewordenen,
sichtbaren Beweis
der Untreue seine Frau
war außer sich vor Wut

Voller *Zorn* und *Eifersucht*
wollte er den Namen des Erzeugers wissen.
Doch Maria,
ein Eifersuchtsdrama befürchtend,
verriet nichts
ihrem Josef,
was unsagbare Wut
in ihm entfachte.

Die Geschichte
mit dem Engel
und dem Heiligen Geist
die wollte ihm Maria
wirklich nicht
auftischen.

Das Babygeschrei
konnte Josef
bald nicht mehr hören.

Auch haßte er die Anrufe,
die sich häuften,
bei denen immer schnell
wieder aufgelegt wurde,
sobald er
ans Telefon ging,
während Maria
oft heimlich
lange und lange
telefonierte
und weinte und weinte.
Old-Zacharias
wollte einfach nicht

und wollte nicht
seine Elisabeth
und seine Kinder
verlassen.
Obwohl sie es sich doch
so schön gedacht hatte.

Er schenkte zwar
Babykleidung und einen
Strampelsack,
war auch
sichtlich ergriffen
von dem kleinen Baby,
doch sich trennen
von Elisabeth
das wollte er nicht.

War sie doch nur
ein Techtelmechtel
für old-Zacharias?
dachte Marie.

Warum holte er sie nicht
aus ihrem täglichen Jammertal,
dem Haus
mit dem tobenden Josef,
der sie stets weinend zurückließ,
heraus?

Das Kind schrie stundenlang,
bei so viel Streit
um seine Existenz.
War es doch unschuldig
in diese Situation geboren.
Einfach da.
Und wurde doch beschuldigt,
in einem Alter,
in dem es noch nicht einmal
denken konnte.

Maria war völlig entnervt,
zermürbt,
fühlte sich betrogen,
verlassen,
bis schließlich
die Kraft ihr
zum Leben fehlte.

Warum hatte sie es nicht abgetrieben?
Warum konnte Elisabeth nicht sterben?
Nicht den Weg einfach räumen?
Liebte sie nicht
old-Zacharias viel mehr
als Elisabeth es tat?

Gab ihr ihre Liebe
und das Baby
nicht ein Recht
auf old-Zacharias?

Liebte er sie eigentlich noch ?
fragte sie sich.
Und das,
obwohl er es ihr
immer wieder beteuerte.

Der Glaube
der fehlte Maria
und die Hoffnung
und die Liebe schließlich auch.
Die Liebe zu dem Baby,
zu ihren anderen Kindern,
zu Zacharias
und zu sich selbst.

Denn,
sollte sie ihn nicht bekommen,
so wollte sie nicht mehr leben,
das hatte sie sich in den Kopf gesetzt.

Zacharias besaß doch tatsächlich die Frechheit
und wollte,
kaum war das Kind geboren
mit seiner Familie
in Urlaub fahren.
Und ließ sie
mit Josef zurück.

Das mußte verhindert werden
oder wenn nicht dies,
so doch gehörig versaut.
Schließlich hatte sie
Zacharias' ängstliche Augen
und seine fahrigen Bewegungen gesehen,
als sie von Selbstmord sprach.
Der Plan mußte gelingen.

Zacharias aber
hielt die Selbstmorddrohungen
seiner geliebten Maria
kaum noch aus.

Falls sie tatsächlich stürbe,
so wurde ihm bang,
hätte er das Kind am Bein
und müßte eine Kinderfrau
engagieren,
was sicher viel teuerer käme
als Alimente zu zahlen,
und so kam er
ganz schön ins Schwitzen.

Und die Telefonate
mit Maria
wurden lang und länger.

Schließlich
waren sie nicht mehr
zu verheimlichen.

Die Lügen waren,
selbst für die gutgläubige
Elisabeth,
gar zu plump.
Seine Gereiztheit
gar zu verdächtig.

Schließlich hatte Elisabeth doch
Kontoauszüge gefunden
von einer Kartenzahlung
in Nina´s Boutique.

Das war doch keine Herren-boutique
mit solch einem Namen!
Jetzt war es endlich heraus,
was sie schon lange vermutete!

Beim nächsten
überlangen Gespräch,
wollte sie
ihn überraschen.

Sie drückte die Freisprechtaste,
Zacharias legte wütend auf,
er habe mit seiner Sekretärin
gesprochen.

Die duze er doch nicht,
wand Elisabeth ein.

Und Zacharias gestand,
gestand seine Liebschaft
zu der götttlichen
jungen Frau Maria.
Und die Geburt
ihrer Tochter
unter dem wiedergekehrten
Weihnachtsstern.

Und Elisabeth
konnte plötzlich
mit einem Mal
wieder klar denken.

Ob Lügen
beim Angelogenen
die Gedanken vernebeln?
Denkstörungen
und Depressionen hervorrufen,
schoß es ihr durch den Kopf.

Dann voller Empörung
wurde ihr klar,
daß Zacharias
sie doch tatsächlich
zwei lange Jahre lang
angelogen hatte,
obwohl sie es eigentlich
direkt gespürt hatte,
daß etwas nicht stimmte.

Sie hatte einfach
seinen Worten
Glauben geschenkt,
sich für dumm verkaufen lassen.

Und genau dies
hatte offensichtlich
ihren Geist verwirrt,
worüber er sich
noch lustig gemacht hatte.

Ihr *Zorn* wuchs gewaltig,
doch ,
um Zacharias nicht zu verlieren,
konnte sie es ihm
nicht zeigen,
mußte still sein
bei all der erlittenen Schmach.

Auch konnte sie nicht
dieses dreiste Weib
namens Maria
angreifen,
die sich schützte
durch ihre Selbstmorddrohungen
und das Baby Hikma.

Was sollte Elisabeth tun?
Sie konnte nicht verhindern,
daß sich ihr Mann
weiterhin mit Maria traf.

Mit Maria,
die sich unschuldig fühlte
und der Meinung war,
daß eine Ehe sowieso kaputt sei,
wenn der Ehemann verführbar sei.

Maria,
die tatsächlich behauptete
sie habe sich nicht eingemischt
in Elisabeths Ehe

Maria, die meinte,
daß sie keine Schuld träfe,
so einfach war es
mit der unschuldigen Empfängnis
für Maria,
der Göttlichen,
zur Jahrtausendwende.

Die Schuld
gab sie einfach
Elisabeth.

Und auch Zacharias
schloß sich
dieser Meinung an.

Und fand tausend Gründe,
ihr ihre Schuld zu beweisen,
und warum er sich einließ
mit der unschuldigen jungen Frau.

Hier war
Elisabeth hilflos,
machtlos
bei solcher Verdrehung,
dessen was geschehen war.
Von so vielen Lügen
bekam sie Ohrensausen.

War es der heilige Geist,
der sich meldete?

Elisabeth hatte Angst,
sie wollte doch nicht,
daß sich die junge Frau
das Leben nähme.

Wollte nicht,
daß das Baby
zu Schaden käme.
Und war furchtbar
eifersüchtig
jedesmal,
wenn ihr geliebter Zacharias
zu ihr ging.
Angeblich nur,
um das Baby zu sehen,
an geheimen Ort.

Die Zeit verging,
der November kam,
Elisabeth´s Mutter starb,
die Nächte wurden länger,
und Elisabeth
bat ihren Zacharias,
doch wenigstens im Advent,
an Weihnachten
und in der Weihnachtszeit
nicht seine Geliebte zu sehen.

Und old-Zacharias versprach´s.

Doch dann
plagte Zacharias
sein Gewissen,
er wollte mit einem
Priester sprechen
in seiner mißlichen Lage.

Und dieser meinte
leichterdings,
das sei doch nicht schlimm,
so etwas passiere eben,
nur solle er dafür sorgen,
daß *die Kinder,*
und damit meinte er
die von Elisabeth
und die von Maria,
keine stumpfen Zähne bekommen dürften,
durch die sauren Trauben,
die ihre Eltern aßen,

wie's in der Bibel zu lesen sei.
Im Klartext
sollte das für old-Zacharias heißen,
er müsse sich um seine ehelichen
und sein uneheliches Kind
in gleicher Weise kümmern,
was der jungen Frau Maria
Anlaß gab,
gleiche Rechte für sich
als Frau und Mutter
einzuklagen.

Und so erklärte sie sich
als gleichberechtigte Nebenfrau
neben Elisabeth.

Und Zacharias
wollte auch gerne für Gleichbehandlung
der Frauen und Kinder
sorgen.
Schließlich war er als Mann
bereit eine Bigamie zu leben.

Spukt nicht immer noch der Auftrag
wachset und mehret euch,
der zu Beginn der Menschheitsgeschichte
Polygamie für den Mann bedeutete,
in den Köpfen der Männer?

So dachte Elisabeth,
als sie des Priesters Vorschlag,
Zacharias solle doch ein Jahr zur Probe
mit Maria zusammen leben,
hörte.

Durch Polygamie
ist ja auch der göttliche Auftrag,
wachset und mehret euch,
bestens erfüllt.

Und old-Zacharias
entwickelte seine
eigene Moral..
Jetzt nach dem Sündenfall,
wurde plötzlich
eine Doppelmoral daraus.

Gespalten
wie eine Schlangenzunge
wurde sein Geist.
Was für ihn galt,
galt längst nicht für die anderen.

Denn anders
als mit einer doppelten Moral
ließ sich die Bigamie
nicht rechtfertigen.

Doch,
wie steht es in der Bibel?
*Die Schlange wird sich
an die Ferse der Frau heften,
und die Frau
wird ihr den Kopf zertreten.*

Elisabeth fing an,
old-Zacharias Gedichte zu schreiben
über sein herzloses,
rücksichtsloses,
liebloses Tun.

Und sie weinte
*und zürnte und war eifersüchtig
unmäßig in allem,
neidisch auf Maria
und das Kind,
träge in der Depression
in die sie verfiel.*

Zornig sah sie,
daß Maria sich nur aus *Habgier*
an ihren Zacharias
herangemacht hatte,
damit sie über das Kind
an seinen Besitz herankomme.

Kurz,
alle sieben Todsünden
vereinigten sich
auf einmal
in jedem der vier,
die an dem unglücklichen Vorfall
beteiligt waren.

Aus *Neid*
auf das schöne Leben
das Elisabeth und Zacharias hatten,
aus *Habgier,*
Wollust
und *maßlosen Wünschen*
hatte Maria ihre Ehe mißachtet.
Aus Trägheit,
ihre eigene Ehe
zu verbessern,
aus *Stolz*
old-Zacharias
herumgekriegt zu haben
war Maria ans Werk gegangen.

Die *Eifersucht*
sollte sich später noch hinzugesellen,
in diesem polygamen Geflecht.
Die *Trägheit der Depression*
noch folgen.

Neid war auch
bei Zacharias gewesen,
der sah,
wie glücklich
und sorgenfrei,
seine Frau mit den Kindern lebte.

Während er
sich abrackerte
im Beruf.
Auch aus *Habgier.*

Unmäßig
war sein Verlangen,
seine Wollust,
zu stolz war er
sich seinen Fehler
einzugestehen,
zu träge um umzukehren.
Die Eifersucht stellte sich später ein,
als er merkte,
daß beide Frauen
eigene Wege gingen
und sich weigerten,
diese ménage à trois
fortzusetzen.

Elisabeth und Josef
quälte die Eifersucht
von Anfang an.

Sie waren rasend,
unmäßig in ihrem Zorn.

Als sie merkten,
daß sie gegen die Liebe der beiden
machtlos waren,
machte sich Habgier
in ihnen breit.

Sie wollten
den beiden wenigstens
nicht noch ein schönes Leben
ermöglichen
und sich trösten
für die erlittene Schmach.

Aus gekränktem Stolz
sprachen sie nicht mehr
mit ihren früheren Partnern,
versuchten sie ihnen zu schaden,
wie sie nur konnten.
In ihrem Neid
auf die beiden
wünschten sie ihnen
jedes erdenkliche Mißgeschick
auf den Hals.

Träge waren beide
in der Depression,
die sie traf.

Elisabeth versuchte
der Depression
durch *unmäßiges* Essen
zu entfliehen.

Über die Wollust der beiden
gekränkten Ehepartner
ist aus Höflichkeit
zu schweigen.
Vermischte sie sich doch
immer wieder mit einer Traurigkeit,
die oft kein Ende nehmen wollte,
eben unmäßig wurde.

*Und das
wegen dieses Kindes,
das einen Haß entfachte,
der zerstörerisch war.
Da einen Zorn entfachte*
auf die Frau, die es wagte,
ihr Leben,
ihre Ehe,
ihren Frieden,
ihre Familie,
alles zu zerstören.

Diese Frau Maria,
die sich dabei
noch unschuldig fühlte,
ja tatsächlich dreist behauptete,
sie habe sich nicht
in Elisabeths Ehe eingemischt.

Maria machte sich unangreifbar
durch ihr Kind,
ihre Unschuld,
ihren Todessehnsucht,
ihre Liebe zu old-Zacharias.

Und Weihnachten kam,
Weihnachten,
das Fest des Lichtes,
das alles ans Licht bringen sollte.

Am dritten Advent
traf old-Zacharias
trotz seines Versprechens,
das er natürlich nie gegeben hatte,
wieder seine junge Frau Maria.

Er spielte gerade
ein Würfelspiel
mit seiner Familie,
sonntagsnachmittags,
beim Kerzenschein
des Adventskranzes.

Das Telefon läutete,
old-Zacharias zog sich den Mantel an
und ging,
ohne sich an das Versprechen
zu halten
zu Maria.

Elisabeth konnte weinen,
ihm war´s egal.
Sie schlug ihn,
ihm war´s egal.

Er ging.

Und das am dritten Advent.

Er wollte Weihnachten feiern,
auch mit seinem
außerehelichen Kind
und der anderen Frau,
sagte er dann.

Weihnachten,
entrüstete sich Elisabeth,
ist doch das Fest der Liebe
und nicht der Geliebten!

Selbst Frauen,
die für Geld
mit den Ehemännern
anderer Frauen schlafen
wissen doch,
daß da einfach
nichts läuft
auf diesem Gebiet.
an Weihnachten.

An Weihnachten,
in dieser heiligen Zeit,
gehören die Ehemänner
ihren Familien.
Das wußte jede
der Dirnen zu berichten.

Das geht nicht,
das kannst Du nicht machen,
schleuderte Elisabeth
ihrem Mann entgegen.
Ihr *Zorn* stieg ins Unermeßliche.

Weihnachten sogar
sollte durch dieses Flittchen
zerstört werden!

Ihre Wut wuchs,
Gedanken stiegen in ihr auf,
sie dachte an Amoklauf,
erschießen,
daran,
gewaltsam dem Ganzen
ein Ende zu setzen.

Und sei es blutig!

Doch,
erschrak sie sich
vor ihren eigenen Gedanken,
wie paßt das zu Weihnachten?
Weihnachten,
dem Fest des Friedens?
Dem Fest der Liebe,
der Versöhnung?

Und Schlaflosigkeit überkam sie,
und voller Zorn,
Enttäuschung,
Trauer und Wut,
Ratlosigkeit und Verzweiflung,
faßte sie einen Plan,
und es fiel ihr eine Geschichte ein,
uralt
2000 Jahre her.

In ihrem *Zorn*
wollte sie ihrer
Nebenbuhlerin
die gesamte Weihnachtsgeschichte
um die Ohren hauen,
wenn sie es tatsächlich wagen sollte,
ihr Weihnachtsfest
zu zerstören.

Für den Rest ihres Lebens
sollte sie an diese Weihnachten
an jedem Weihnachtsfest
zurückdenken.
Für alle kommenden
Weihnachten
sollte sie einen
Denkzettel bekommen!

War da nicht schon einmal
so etwas passiert?
Schauderte ihr.
Der Stern
auch der war wieder da.
Bei der Geburt dieses Kindes
stand er der Sonne am nächsten.

Vielleicht war es jetzt an der Zeit,
daß Gott seine Tochter schickte
unter dem Stern des Hale-Bopp
zur Jahrtausendwende?

War nicht die heilige Maria
ebenso überrascht
von der Geburt ihres Kindes,
fühlte sich unschuldig,
ebenso unschuldig
wie diese Frau,
da sie ja aus Liebe gehandelt hatte,
so dachte Elisabeth.

Sind nicht eigentlich alle Kinder,
wir alle,
Kinder Gottes?

Verdient nicht auch dieses Kind,
das Elisabeth so in Verzweiflung stürzte,
ihre Ehrerbietung?

Und seine Mutter?
Sollte sie nicht
den Friedensgruß
bekommen?

Konnte vielleicht
diese uralte Geschichte
Maria erreichen,
sie umstimmen?

Das Negative
ins Positive kehren?

Positive Konnotation,
so nannte man das,
wenn man sich
zu den Gebildeten zählte.
Oder Reframing.

Sie wollte
der ganzen Geschichte,
dieser unglückseligen,
zermürbenden,
zum Wahnsinn treibenden,
einen neuen Rahmen verpassen.
Einen würdigen.

Dies sollte ihr helfen,
das Unglaubliche anzunehmen.
Sollte es möglich machen,
eine Botschaft für Maria zu übermitteln,
dieser Frau,
die jegliches Gespräch,
jeglichen Kontakt
zu Elisabeth
ablehnte.

So,
als Weihnachtsbotschaft getarnt,
mußte Maria hören,
was Elisabeth ihr zu sagen hatte,
immer noch fürchtend den Selbstmord
der jungen Frau.

Sollte sie sie nur
für verrückt halten!
Hauptsache die Botschaft erreichte sie!
Elisabeth hoffte,
daß Marias Hochmut
und ihre Verachtung für Elisabeth
sie am Leben hielt.

Und
Gott sei Dank,
sie hatte Recht.

Am Tag vor Weihnachten
verwandelte sich Elisabeth
in einen Engel,
faßte sich ein Herz,
und brachte Maria die Botschaft,
daß schießlich auch ihr Kind
Gottes Kind ist,
das es verdient,
eine Mutter zu haben
mit Lebenswillen
und nicht
mit dem Willen zu sterben.

Dieses ganz besondere Kind,
das ja schießlich gerettet war
unter all´ den vielen getöteten,
abgetriebenen,
ebenso gerettet ward
wie das Jesuskind,
das schon bald nach seiner Geburt,
knapp dem Tod
durch den Schlächter Herodes
entronnen war.

Dieses ganz besondere Kind
von Maria und Zacharias
ganz besonders geliebt,
was gerade der Grund war,
das ihm so viele Leiden
bevorstanden.

Dieses ganz besondere Kind,
das geboren war
unter dem Stern
2000 Jahre nach Christi Geburt,
gab Elisabeth den Anlaß
ihrer Nebenbuhlerin
die Weihnachtsgeschichte
aufzuschreiben.

In Goldschrift,
schön verziert,
mit Tannenzweig
und Friedenstaube.

Sie wollte Maria
den Frieden anbieten,
ohne den für sie
nicht Weihnachten werden konnte.
Bei solchen unglückseligen
Verhältnissen.

Maria erschrak,
als sie
am Vortag vor Weihnachten
Elisabeth
als Engel vor ihrer Tür sah.

Doch nahm sie
den Friedensgruß an.

War verwirrt
wegen der Geschichte,
die Elisabeth,
der Engel ihr brachte,
und wollte
von Stund´ an leben.

Elisabeth
im Bewußtsein
nicht verhindern zu können,
daß ihr Zacharias
und diese
unverschämte Frau
Weihnachten feiern wollten,
lud sie ein
in die Kirche
zur Kinderchristmette.

Es wurde
die Weihnachtsgeschichte
gespielt,
mit der Schnecke Sophie,
dem Wolf,
den Hirten
und dem Lahmen,
der den Esel zur Krippe führte.

Zacharias war da,
Elisabeth auch.
Doch Maria kam nicht.

Am ersten Weihnachtsfeiertag
ließ old-Zacharias
seine Frau
noch immer im unklaren,
ob er seine Geliebte
treffen würde
am folgenden Tag.

Elisabeth
war hilflos,
doch der Plan,
Maria zur Jungfrau zu machen,
die es nicht mehr wagen sollte,
es mit ihrem geliebten Manne zu treiben,
wuchs und wuchs in ihr,
ergriff ihre Seele.
Nachts,
als alles schlief,
bastelte sie
eine Geschenkbombe,
eine Weihnachtsbombe,
für Marie,
die sie am kommenden Tag,
falls sie es wirklich wagen sollte,
an Weihnachten
ihren Mann zu treffen,
ihr bringen wollte.

Diese Bombe
voller Symbolkraft
sollte der Geschichte,
in die sie verstrickt waren,
eine positive Wendung geben.

Sie sollte wirken
mit all´ ihrer Symbolkraft
aus 2000 Jahren
und sollte Maria
ein unvergeßliches
Weihnachtsfest bereiten,
sollte sie wagen,
sich an diesem Tag
ihrem Mann anzubieten.

Diesem unglaublichen
dreisten
frevelhaften Verhalten
wollte Elisabeth Einhalt gebieten,
es umdeuten,
eine positive Bedeutung geben,
um Maria zu befreien
von ihrer Scham
und ihren Todeswünschen.

Ein Erlebnis
wollte sie Marien bereiten,
das sie berühren mußte
bis in ihr Innerstes,
das sie fassungslos machen sollte
und ehrfürchtig
vor diesem heiligen Tag,
ein für allemal.

Und Elisabeth
bastelte Geschenke
für die ganze Familie Mariens,
jedoch gedacht
für Maria allein.
Sie hatte gefunden
in old-Zacharias´ Schreibtisch
Geschenke
vom Vorjahr,
Christbaumanhänger,
die offensichtlich
von ihrer Nebenbuhlerin stammten.

Nikoläuse,
und einen Schornsteinfeger
als Glücksbringer.

Diese verpackte sie,
schrieb in Goldschrift dazu,
die für die Kinder
nicht lesbar war,
sondern nur für Marie:

Für ihr Mädchen,
daß ihr der Glaube
ans Christkind
nicht verlohren gehe.
in solchen Verhältnissen.

Für ihren Jungen,
verpackte sie
den Schornsteinfeger,
damit er mehr Glück haben möge
mit seiner zukünftigen Frau
als sein Papa.

Für Josef
packte Elisabeth
einen Schlüssel
in eine Herzschachtel,
damit er sein Herz aufschließe
für Marie
trotz erlittener Schmach.

Für`s Kind Hikma
packte sie ein
Weihrauch, Myrrhe und Gold.

Gold sollte
für Alimente stehen.

Myrrhe,
dieses klebrige,
duftende Harz
sollte kitten
sein zerbrochenes Herz.

Weihrauch
sollte dienen,
Marien zu huldigen
und gleichzeitig
die wahren Tatsachen
helfen zu vernebeln,
um ein ehrbares Leben
für die ganze Familie
in diesem Tratschnest
zu ermöglichen.

Zu guter Letzt
packte sie
aus Rache
für Marie
ein Kondom
in Goldpapier ein
für den Fall,
daß ihr
die Jungfräulichkeit
zu langweilig werde.

Dies alles
liebevoll verpackt,
überbrachte Elisabeth
ihrer Widersacherin,
die nicht abrückte,
ihren Mann zu treffen
am heiligen Fest.

Ein Stein,
der Heiligabend
in der Kirche
von der Decke
herabfiel
und sie um Haaresbreite
verpaßte und ein Regenbogen
war ihr ein Zeichen,
daß es richtig war
so zu handeln.

Aus Protest
ging Elisabeth essen
mit ihren Kindern dorthin,
wo andere Familien fröhlich
beim Weihnachtsschmaus saßen,
um nicht mitzuerleben
was ihr Mann
und diese Frau,
geplant hatten,
ohne daß
sie es verhindern konnte.
Und das war gut so.
Denn sollte doch
für alle Beteiligten
bei der Rückkehr
die Stunde der Wahrheit kommen,
und sollte das Weihnachtsfest
tatsächlich Licht bringen
in das Lügengespinst,
das Old-Zacharias
um beide Frauen gelegt hatte.

Das Licht,
das Elisabeth aufging,
als sie zurückkehrte,
sorgte dafür,
daß sie künftig
sich nicht mehr so leicht
hinters Licht führen ließ
von ihrem Mann.

Sie traute ihren Augen nicht,
stand doch tatsächlich
vor ihrem Haus
Marias Auto?

Wild vor *Zorn*
fand sie Maria
mit ihrem Kind
in ihrem Wohnzimmer!

Was dann kam
spottet jeder Beschreibung,
Zacharias
zwischen zwei Frauen
hatte offensichtlich beiden
das Gleiche versprochen.

Zweigeteilt
wollte er mit jeder
zur gleichen Zeit
zusammen wohnen.
Zusammen die Kinder erziehen.

Bigamie
war das aber nicht,
so behauptete er.

Maria
indes
hatte sich
von Zacharias
erzählen lassen,
daß das Weihnachtsfest
mit seiner Frau
gar nicht schön
verlaufen sei.

So staunte sie
nicht schlecht,
als Elisabeth
dies korrigierte.

Schließlich hätte er doch
viel gelacht
beim Christbaumschmücken
mit seinen jugendlichen Kindern,
auch abends im Bett
sei es schön kuschelig gewesen
mit old-Zacharias.

Ungläubig schrie Marie
und weinte.
Was hast du gemacht,
Zacharias?
Du hast sie angefaßt?
Das hast du gemacht?

Ungläubig weinte Elisabeth,
traute ihren Ohren nicht
bei alledem
was sie zu hören bekam.

Wie wohl Zacharias zumute war?

Das Baby schrie,
unglaubliche,
unvergeßliche Weihnachten
sollten dies werden,
für alle Beteiligten
im Jahre des Hale-Bopp.

Der Zorn indes
erregte Elisabeths Gemüt
an diesem Weihnachtsfest
und sollte sich
noch lange nicht legen
Worte purzelten durch ihren Kopf,
Geschichten, Phantasien fielen ihr ein.

Solche wie ihr sie,
liebe Leser,
jetzt in den Händen haltet.

Geschichten
entsprungen aus dem Wunsch
doch noch das Weihnachtsfest
zu retten,
dem Sinnlosen,
Absurden
einen Sinn zu geben,
bei diesen Unglaublichkeiten
den Glauben zu bewahren
in diesen absurden Zeiten.

Marie war dreist,
wollte nicht gehen,
nicht Elisabeths
und Zacharias´ Wohnung verlassen.

Elisabeth
froh, endlich alle
an einem Tisch zu haben,
um endlich Klarheit zu haben,
Licht in das Dunkel zu bringen,
auch wenn die Wahrheit,
die nun zutage trat,
eine erschreckende war.

Entpuppte sich doch
ihr geliebter Zacharias
als Lügner,
als Bigamist.
Was hatte die Leidenschaft,
die Wollust
aus ihrem Manne
gemacht?

Unglaublich!
Unfaßbar!
Hätte sie ihn nicht
ganz anders gekannt,
vor Ekel,
Abscheu
und Verachtung
hätte sie sich abgewandt,
nie mehr ihn angschaut,
nicht mit ihm gesprochen.

Doch wären da nicht
die Kinder gewesen,
die Zacharias sehr liebten,
ihn brauchten
trotz allem,
was er ihnen antat
durch seine ungezügelte
Leidenschaft,
seine verantwortungslose
Begierde.

Also hielt Elisabeth aus,
was old- Zacharias ihr antat,
wollte sie doch
den Kindern
den Vater erhalten.

Old-Zacharias
traf sich noch oft
mit der jungen Frau,
log nur noch wenig,
sagte es seiner Frau,
wenn er zu ihr ging,
wodurch die Sache
nicht einfacher wurde,
aber eben ehrlicher.

Sie weinte,
sie flehte,
sie bat,
sie drohte,
sie schwieg.

Doch rührte sie nicht
sein Herz aus Stein.
Lange noch
versuchte er
vorzumachen,
er besuche Maria nur
des gemeinsamen Kindes wegen
und damit Marie
keinen Schaden nehme.

So ging die Zeit um,
der Frühling kam,
bald nahte
der erste Geburtstag
des Kindes.

Und immer noch
war old- Zacharias
weit entfernt davon,
eine Entscheidung
zu treffen.

Beide wollte er,
die Kinder,
alle,
am liebsten
hätte er eine
Kommune
nach dem Vorbild
der Altkommunarden
gegründet
mit freier Liebe.

Schließlich
war er ein Kind
seiner Zeit.
Wut kochte in Elisabeth,
in Josef auch
und Eifersucht,
Zorn,
Trauer
und Angst.

Angst,
alles würde zerbrechen,
ohne
daß sie es verhindern könne.

Eine hochgefährliche
Gefühlsmischung
entstand,
die,
so glaubte sie zu spüren,
Amokläufer
in sich vereinen.
Alle sieben Todsünden
auf einmal
machten dies
hochexplosible
Gefühlsgemisch aus.

Und wieder
hatte sie einen Plan.

Verse fielen ihr ein
wie von selbst,
nachts wurde sie
von Kopfschmerzen geweckt,
schrieb sie auf.

Sie wollte etwas
erschaffen
das täglich
Maria erinnern sollte
an ihre

so zerstörerische
unglaubliche Tat.
An ihre Unverschämtheit,
ihre Schamlosigkeit.

Eine tägliche Mahnung
umzukehren,
ihren Weg zu finden,
so wie Maria ihn fand
vor 2000 Jahren.

Und wieder verglich sie
Marie
mit der Gottesmutter
Maria,
erschauderte
bei diesem
frevelhaften Vergleich.

Doch
ihr Gewissen,
das sie immer
aufs neue befragte,
bot ihr keinen Einhalt.
Und so wollte sie
Maria
und allen Marias
auf Dauer
einen Denkzettel
verpassen.

Um Gehör zu finden,
bei Maria,
um ihre Nachricht
einzuschleusen
in ihre Seele,
die sie verschlossen hatte,
ja versiegelt,
vernagelt,
wollte sie einen Trick benutzen.
Es war ihr anders
nicht möglich,
mit Maria
Kontakt aufzunehmen.
Ihren Wünschen,
sie zu vernichten,
zu bestrafen,
wollte sie auch nicht
nachgeben.

Doch
tatenlos
das Ganze,
was ihr Mann
und sie
ihr vor ihren Augen antaten,
ertragen,
konnte sie nicht.

Sollte Maria
sie doch
für verrückt halten,
so würde ihr
diese Ansicht helfen,
sich über sie
in Hochmut
zu erheben.

Der Hochmut
sollte sie schützen,
sich selbst
mit dem Tode
zu strafen,
falls ihre Botschaft
zu unerträglich
werden würde.

Um zu erreichen,
daß Maria
den Brief
nicht ungelesen wegwarf,
um ihre Neugierde
zu wecken
steckte sie ihren Brief
in ein Kuvert
der Kreispolizeibehörde,
den sie vor kurzem
einer Verkehrssünde wegen
bekommen hatte.

So getarnt,
umadressiert
warf sie ihn heimlich
des nachts
in Marias Briefkasten.

In dieser Tarnung
mußte es gelingen,
daß sie ihn öffnete
und las
und sich die Botschaft
ihrer bemächtigen konnte.
Täglich
sollte sich die Botschaft
breit machen
in ihrem Bewußtsein.

Sie sollte für immer
so lange sie lebte
und hören konnte
in ihren grauen Zellen kleben.

Eine Botschaft
so eindringlich
wollte sie schicken,
die sie nicht abschütteln könne,
die sie täglich erinnern sollte.

Dafür
sollte schon sorgen
der absonderliche Text
und die Aufmachung,
hatte sie ihn doch
mit gepreßten
Frühlingsblumen
verziert,
um sie versöhnlich
und neugierig
zu stimmen.

Frühlingsblumen,
die im Jahr 2000
zu Weihnachten blühten,

Primeln
neben Christrosen.

So mußte
die Botschaft
sie erreichen.

Es kam anders.
Josef fand den Brief,
öffnete ihn,
da er von der Polizei kam
obwohl er seiner Frau galt,
und wunderte
sich nicht schlecht
über diese Zeilen:

Der Engel des Herrn
brachte Maria die Botschaft,
und sie empfing
vom Heiligen Geiste.

Gegrüßet seist Du, Maria.
Du bist voll der Gnade,
der Herr ist mit Dir.
Du bist gebenedeit unter den Frauen,
und gebenedeit ist die Frucht Deines
Leibes.

Heilige Maria,
Mutter Gottes,
bitte für uns Sünder
jetzt und in der Stunde unseres Todes.
Amen.

Maria sprach:
siehe,
ich bin die Magd des Herrn
mir geschehe nach Deinem Worte.

Gegrüßet seist Du Maria.
Du bist voll der Gnade,
der Herr ist mit Dir.
Du bist gebenedeit unter den Weibern
und gebenedeit ist die Frucht Deines
Leibes.

Heilige Maria
bitte für uns Sünder
jetzt und in der Stunde unseres Todes.
Amen.

Und das Wort ist Fleisch geworden
und hat unter uns gewohnt.

Gegrüßet seist Du Maria.
Du bist voll der Gnade,
der Herr ist mit Dir.
Du bist gebenedeit unter den Frauen
und gebendeit ist die Frucht Deines
Leibes.

Heilige Maria,
Mutter Gottes,
bitte für uns Sünder
jetzt und in der Stunde unseres Todes.
Amen.

Bitte für uns,
heilige Gottesmutter,
daß wir würdig werden
der Verheißung Christi.

Lasset uns beten.
Allmächtiger Gott,
gieße Deine Gnade
in unsere Herzen ein.

Durch die Botschaft
des Engels
haben wir
die Menschwerdung Christi,
Deines Sohnes,
erkannt.
Laß uns durch sein Leiden
und Kreuz
zur Herrlichkeit
der Auferstehung gelangen.

Darum bitten wir
durch Christus,
unsern Herrn.

Amen.

Dies´ ist kein Schabernack
noch eitle List,
doch warum glaubst du nicht,
was einfach klare Sache ist?
Warum, Maria, glaubst du nicht,
daß du gebor‘n hast Gottes Kind,
da schließlich alle wir
doch Gottes Kinder sind.

Maria hat dir vorgelebt,
wie solch‘ ein uralt Problem, wie dir geschah,
sich ohne allzu große Müh‘ ganz von allein behebt.
Heut würd´ wohl keiner mehr Marien glauben,
spräch´ sie was von Jungfraun´ngeburt,
in eine Klinik würde man sie bringen,
ja selbst der Papst könnt´ heut erklären nicht,
solch´ein absonderlich Geschicht´.

Doch du, Marie, du Göttliche, du Magd des Herrn,
lebst heute unter günst´gem Stern.
Der Hale-Bopp persönlich dir erschien,
der nur, du weißt, einmal in zweitausend Jahren
hierzuland zu sehen ist,
zuletzt, du weißt, als wurd´gebor‘n Herr Jesus Christ.
Dir, lieb´Marie, dir singen ganze Engelscharen.
Mußt sie nur hör´n, mit jedem Glockenklang.

Kennst du das Angelusläuten
jeden Tag um 12 und mancherorts um 6?
Es sei Dein eigen Hochzeitsläuten!
Es mag dir stets auf´s neu bedeuten,
daß du mit Gottes Geist vermählt,
der selber doch die Liebe,
die göttliche, die dich ereilt,
zu seinen höchsten Gaben zählt.

Maria stets beim Glockenklang,
denk´ an die Botschaft,
hör´ auf den guten Geist in dir
und glaub´, so bringt er Frieden dir!
Hör´ auf den Geist, der bringt dir die
Versöhnung
und zeigt dir einen Weg aus täglicher Verhöhnung.
Verzeihung ist´s, was Du kannst täglich doch erbitten!
Hast du, Marie, nicht schon genug gelitten?

Marie, die Osterzeit ist nah,
verstrichen ist schon fast ein Jahr,
daß du gebor´n die Gottestochter.
Die spaß´ge Zeit des Ehebruchs ist nun vorbei, Marie,
vorbei die Zeit der Lüge und der Heimlichkeiten.
Es naht die Zeit allmählich nun
die Folgen des vergang´nen Tun
tapfer zu seh´n, und jetzt dem Kind den Weg bereiten

Ich weiß, Marie
unschuldig du dich fühlst,
da du aus göttlich´ Lieb´ gehandelt
und du dich in die heilige
Jungfrau Maria hast verwandelt.
Wer will dir da noch Schuld andichten,
da mußt du großes Werk verrichten!
Den Frieden schaffen ohne Waffen.

Es ist nicht leicht in diesen Zeiten,
da viele Leut´ dies tun, was du getan,
sich von Mariens Geist zu leiten,
das weiß Elisabeth und auch ihr Mann.
Doch kann´s gewiß auch dir nicht schaden,
den Josef wieder gut zu stimmen,
es gibt für dich kein andre Wahl,
Du kannst dem Schicksal nicht entrinnen.

Ist nicht ein Rest von Liebe noch
für Josef da in Deinem Herzen?
Bedenk´ Marie, wie sehr du doch
ihm zugefügt hast Schmerzen!
Kannst du da nicht verzeihen auch, daß er in
allergrößter Wut
Dich übel gar beschimpfet hat?
Wie soll er wissen, daß unschuldig du gehandelt,
Dich in die Gottesmutter hast verwandelt?

Warum verfolgen falsches Ziel?
Wird´s nicht auch dir langsam zu viel?
Hast du nicht bald genug, den falschen Weg zu geh´n?
Denk´ an Marie, den Engelsgruß, den
Glockenklang
und mache doch den Neuanfang.
Du kannst doch auch nicht täglich hoffen,
Elisabeth, die würd´vom Schlag getroffen.
Dies heb´ dir doch für später auf, und laß dem Leben
seinen Lauf.

Das Leben kannst du doch nicht zwingen, die Liebe
nicht und nicht das Glück.
Jedoch ist´s möglich, nach solch´Mißgeschick,
gemeinsam nun die Scherben aufzusammeln.
Elisabeth kann dir einstweilen, wenn du es willst,
gar helfen, Deinen Ruf zu reparier´n.
So sehr, Marie, brauchst du dich doch auch nicht zu
genier´n.
Schnell würde jedes bös´Gerücht verstummen!
Die Lästerei ist sowieso nur für die Dummen.

Darum, Marie, sei tapfer du,
die Himmelsmutter sei ein leuchtend
Vorbild dir,
denk´ stets beim Glockenklang um zwölf,
was die geschafft, das wird doch auch
gelingen mir.
Bald kannst du dann auf offner Straß´,
gemeinsam dich mit Deinem Kind und mit Elisabeth
dich zeigen.
Du wirst schon seh´n, daß jede böse Zung´,
bringst du so schnell zum Schweigen.

Als Josef
fertig war mit Lesen,
war er seltsam berührt
und zornig zugleich.

Natürlich begriff er,
was gemeint war,
wild war er
vor Eifersucht,
da Maria noch immer nicht
den wirklichen Namen
von old- Zacharias verraten wollte,
und da er wußte,
daß sie sich immer noch
heimlich mit ihm traf.

Und Maria,
wie sie´s wohl aufgefaßt hat?

Um zwölf
hat sie stets
die Fenster geschlossen gehalten,
Kirchenglocken machten sie nervös,
von Reue und Umkehr
war keine Spur.

Aber Elisabeth
ging sie noch mehr
aus dem Weg.

Wer weiß,
wozu diese Verrückte
noch alles fähig war,
dachte sie.

Später
im Sommer
besaß Zacharias die Dreistigkeit
mit Maria und dem Kind
Urlaub zu machen.

Josef entdeckte indes
Briefe und Fotos.
Und seine Vermutung bestätigte sich.
Hatte er doch immer
diesen Zacharias
in Verdacht.

Die Geschichte
mit dem Gotteskind
kam im gleich so sonderbar vor.

Im Zorn,
außer sich vor Eifersucht
bedrohte er old Zacharias,
so daß dieser,
Gott sei Dank,
Angst bekam
um sein Leben.

Wäre dies´ nicht passiert,
so wäre er wahrscheinlich
sofort
mit der jungen Frau
zusammengezogen.

Und dann wäre es
wohl endgültig aus gewesen,
mit der Jungfernschaft
und der Unschuld
seiner Marie.

Aber dies traute er nun
sich nicht mehr,
und wieder wurde es Weihnachten,
wieder brachte Weihnachten
den Zwiespalt
offen ans Licht
und damit die Erkenntnis
und damit den Unfrieden.
Für alle.
Wieder wollte old-Zacharias
an Weihnachten
seine Geliebte sehen.

Des Kindes wegen
wie er betonte.
Doch glauben
tat ihm das niemand.

Diesmal rastete Elisabeth aus
und das
vorsorglich schon
im November.

Weihnachten wollte sie sich
auf Dauer nicht
von dieser Maria
zerstören lassen.

Weihnachten,
das war doch nicht
das Fest der Geliebten,
das Fest der Ehebrecher.

Das Kind
diente doch nur
als Alibi
für old- Zacharias,
damit Maria ihm
nochmal
Schmetterlinge
in den Bauch zaubern konnte.

Und die flogen besonders wild,
wenn Elisabeth es ihm verbot,
seine Angebetete zu sehen.
Ähnlich fühlte er sich
wie in seiner Jugend,
wenn er sich heimlich
mit Mädchen traf
und seine Mutter anlog.

So war seine verbotene Liebe
ein wahrer Jungbrunnen
für ihn.

Elisabeth
war machtlos
gegen diese Versuchung,
diese Liebe,
dieses Begehren ihres Mannes.
Sie wußte nicht mehr,
was sie noch tun sollte.
Alles,
aber auch alles,
was sie getan hatte,
hatte ihren Zacharias
nicht zurückbringen können.

Sie hatte das Gefühl,
daß gar nichts mehr richtig war,
was sie tat,
ihn zu gewinnen.
Fühlte sich machtlos,
unendlich traurig,
mutlos
und doch voller Zorn.

Und da hatte Elisabeth
einen Traum:

Ihr träumte,
daß Marias Sohn,
der mit dem Zorn
auf seine Mama,
den fremden Onkel,
der immer zu seiner Mama kam,
und dem Zorn
auf sein doofes Geschwisterchen
nicht fertig wurde.

Er entwickelte
eine Vorliebe
für´s Zündeln
und das kurz vor Weihnachten,
der beliebten Kokelzeit,
was Maria
gar nicht gerne sah.

Die Faszination des Feuers
war gewaltig für ihn.
Heimlich hatte er Maria beobachtet,
wo sie die Streichhölzer
versteckt hielt.

Eines Nachmittags,
dem Tag vor Heilig Abend
mußte Maria
schnell noch mal weg.
Zum Christkind,
wie sie sagte,
geheimnisvoll lächelnd.

Sein neues,
verhaßtes
Geschwisterchen
nahm Sie mit.

Jetzt oder nie,
dachte der kleine Knirps,
zünde ich das Bettchen an,
das dem blöden
Geschwisterchen gehörte,
dem Geschwisterchen,
mit dem so viel Streit
ins Haus gekommen war.

Sein Papa
mochte das Kleine
doch auch nicht,
also
warum sollte er dann nicht
sein Bettchen anzünden?

Offenbar war doch
das Kleine Schuld,
daß nur noch gezankt
und geschrien wurde
bei ihnen
zu Haus´.

Schuld,
daß Papa
nicht mit Mama
Weihnachten feiern wollte.

Schuld,
daß er
und seine große Schwester
bei der Oma
Weihnachten feiern sollten.

Schuld,
daß seine Mama
nur noch weinte
und mit dem blöden Kind
bei dem blöden Onkel
feiern wollte.

Der blöde Onkel
aber gar keine Zeit hatte,
weil er selbst
mit Frau und Kindern
Weihnachten feiern wollte.

Er verstand dies alles nicht.
Wie konnte sich plötzlich
alles so ändern,
nur wegen solch´eines Kindes?

Irgendwie mußte
dies´Kind daran Schuld sein,
mit dem Kind
hatte alles angefangen.
Seitdem es da war,
war alles anders als bisher.

Also wollte er
schon mal anfangen,
seine Sachen
zu verbrennen.

Er schleppte
das Bettchen
auf die Terrasse,
damit das Haus nicht
Feuer fangen sollte,
legte alle Spielsachen
und die Höschen
und Jäckchen
des Babys hinein
und stellte die Bettfüße
in vier Döschen
mit Brennpaste
aus dem Fondueset.

Zur Sicherheit
ließ er den Rest
der Literflasche
auf die Spielsachen,
ins Bett,
auf den Schnuller,
die Hosen,
die Jäckchen
laufen, drückte die Flasche
vollends aus,
was ein herrlich
schmatzendes
Geräusch verursachte.

Und jetzt die Streichhölzer,
wo waren sie?
Rechte Tasche?
Linke Tasche?
Ach ja,
hier!
Er hatte sie schon
neben das Bett gelegt!
Mann,
war ihm heiß!

Sein Herz pochte,
kaum konnte er
das Streichholz
entzünden,
versuchte es
wieder
und wieder,
bis
oh Schreck,
es brannte.

Schnell schleuderte
er es weg,
ins Bettchen,
das im Nu
in hellen
Flammen stand.

Sah´stark aus,
die Flammen.
Sie schlugen höher
als er groß war!

Doch
was war jetzt?
Die Flammen
züngelten am Haus hoch
bis zum Dach,
leckten am Dachbalken
gierig
hin und her.

Schon ganz schwarz
wurde der Balken,
er qualmte,
knisterte.

Da rannte
der Junge weg,
so schnell er konnte,
holte er seine große Schwester
aus dem Haus
schnappte sein Lieblingsauto
und seinen Teddy.

Und lief,
was er konnte
mit seiner Schwester
auf die Straße.

Keuchend blieben sie stehen,
sahen zurück
und erblickten ihr Haus,
wie es in Flammen stand,
und sie weinten
und weinten
und schluchzten
und schrien.

Dann
war plötzlich
Maria da
mit dem Kind,
starr vor Schreck,
war ihr erster Gedanke,
da muß ich zu Zacharias,
der muß helfen,
so wie sie immer dachte,
wenn´s schwierig wurde.

Doch
Zacharias hatte
auf die flehenden Bitten
seiner Frau
und nicht zuletzt
aus Angst
vor Josefs Rache,
die sich ja gerade
am Weihnachtsfest
entzünden könnte,
seiner Elisabeth versprochen,
dies Jahr nicht
seine geliebte, unschuldige,

junge Frau
an Weihnachten
zu empfangen.

So ein Weihnachtstheater
wie im vergangenen Jahr,
das wollte er nicht wiederholen,
eigentlich wollte er Schnee buchen.
Aber das Geld war weg,
kosteten die Alimente
seit der Gleichstellung
außerehelicher Kinder
mit allen anderen Kindern
nicht wenig.
Auch der Vaterschaftstest
hatte soviel
wie ein halber Familienurlaub
gekostet.
Also war das Geld weg.
Er blieb zu Hause mit seiner Familie.
War nicht geflohen
vor dem ganzen Weihanchtsspektakel.

Maria kam
zu Elisabeth
mit ihren Kindern
in Not,
ohne Dach über dem Kopf.

Sie wollte bleiben
bei old-Zacharias
am Tag vor Heiligabend.

Es klingelte
in Elisabeths Traum.
Elisabeth ging zur Tür,
Zacharias
ließ sich verleugnen.

Mein Mann ist nicht da,
hier ist keine Herberge
für dich!
Du kannst ja
ins Frauenhaus gehen
oder
wenn du willst,
in die Liebeslaube geh'n,
in die Hütte im Wald,
wo ihr so oft wart.
Etwas Brennholz
wirst du schon finden.

Dies hörte Maria
aus Elisabeths Mund
ohne Mitleid,
in Elisabeths Traum.
Und dann
schloß sich die Tür.

Maria tat´s
in ihrer Not,
ging zu der Hütte,
die sie sich hergerichtet hatten
für ihre
heimlichen Treffen.

Sogar weihnachtlich geschmückt
hatte sie die Hütte,
Einzig es fehlte
der Tannenbaum,
doch der war rasch gefunden.

Das Feuer im Herd
prasselte warm.
Eigentlich war sie froh
und glücklich
in ihrem Liebesversteck.

Ob wohl
old-Zacharias
noch kam?

An ihrem Haus
lag ihr sowieso nichts mehr
und auch nichts
an all´dem Kram.
Und Josef,
fast mußte sie loslachen,
ein närrisches Lachen,
wie der wohl guckt?
Denkt sicher das Schlimmste.

Denkt sicher,
jetzt ist die Maria
völlig durchgeknallt,
hat sich
und die Kinder
in den Tod gestürzt,
sich
und alles
verbrannt.

Schließlich hatte er
nur zu oft
von ihr gehört,
daß sie nicht mehr wollte.
Manchmal hätte er es
fast gewünscht,
daß sie es täte,
was ihm sofort aber
wieder leid tat.

Und so geschah es ihm recht,
daß er Angst bekam,
so dachte Maria
in Elisabeths Traum.

Und da stand er,
Josef,
im Traum von Elisabeth
und weinte
und tobte
und schrie.
Verlor die Besinnung.

Als Rächer
in unendlichem Zorn
rannte er
zu Mariens Versteck,
daß er seit einiger Zeit kannte,
wollte alle Schmach,
alles Leid
heimzahlen.

Wutentbrannt
klopfte er,
trommelte er
an die Tür,
besinnungslos.
Warf sich dagegen,
bis sie fast aus den Angeln sprang.

Papa,
sagte seine Tochter,
die ihm die Tür öffnete,
sein Sohn
versteckte sich rasch
aus Angst vor Strafe.

Maria
mit schreckgeweiteten Augen
sagte:
"Wie hast Du uns gefunden?"

Und weiter kam sie nicht.
Mit Tränen in den Augen
fiel sie ihm schluchzend um den Hals,
murmelte noch,
verzeih´ mir,
und erzählte ihm alles.

Die Hütte
hatte sie weihnachtlich geschmückt.
Frieden strahlte sie aus.
Ja, hier wollten sie Weihnachten feiern
und sich versöhnen,
in Elisabeths Traum.

Da sprang der Kleine
aus seinem Versteck.
Und Du bist auch nicht mehr bös´,
fragte er ängstlich
seinen Papa.

Und Josef,
erfüllt von der sonderbaren
Ehrfurcht
und Dankbarkeit,
daß all´ seine Lieben,
die er schon totgeglaubt
noch am Leben waren.

Jetzt
kam´s doch auch nicht drauf´ an,
von wem wohl
die Kleine war,
Vaterschaftstest hin,
Vaterschaftstest her.

Lieb hatte er es
mit seinem kindlichen Charme,
das spürte Josef
in diesem Moment
ganz deutlich und warm
in seiner Brust.

*Wenn´s doch der Josef konnte
vor 2000 Jahren,
warum soll ich´s nicht können*
heute
in dieser Hütte hier?

Und weihnachtliche Ergriffenheit
kam über ihn.

Wie ruhig
er sich doch
plötzlich fühlte!
Was war geschehen?

Er lebte wieder!
Fühlte sich lebendig!
Sein Herz schlug
wie schon lange nicht mehr.

Und Leben
und Wärme
kam in sein Gesicht.
Und in seine Augen
ein Leuchten.

Das Feuer im Ofen,
der Weihnachtsbaum,
der Kerzenschein,
die Sterne als Fensterschmuck,
alles schien ihn zu grüßen,
schien ihm zu sagen:
"Du bist Josef,
nimm Deine Maria,
verzeih ihr,
das Kind ist doch
Gotteskind,
Gottes Tochter"

Und Josef vergab seiner Frau,
seinem Sohn
und dem Kind,
das ja doch gar nichts
dafür konnte,
daß es geboren ward. ,
so beeindruckt
war er von allem,
was da mit ihnen geschah.

Am Abend,
die Kinder waren schon eingeschlafen,
in einem Wäschekorb das Baby,
im Schlafzimmer
da waren sie wirklich
eine heilige Familie.

Josef zufrieden,
Maria still lächelnd und glücklich,
das Kind
und alle Kinder
in Elisabeths Traum.

Dann wachte Elisabeth auf.

Leider war alles
nur ein Traum!

Sie wünschte
es wäre Wirklichkeit,
aber das war
nur ein frommer Wunsch.

Ob dies
das eigentliche
Weihnachtsgeheimnis war?
Fragte sie sich,
Frieden zu bringen,
bei solch
unglücklichen,
ja alle sieben Todsünden entfachenden
Familienverhältnissen?

Feiern wir nicht
alle Jahre wieder,
daß Josef das Kind,
was Maria gebar,
annahm,
als ob es sein eigenes sei?

Feiern wir nicht alle Jahre wieder,
daß Josef nicht ausgerastet ist
und daß Maria nicht
den Mann einer anderen Frau
und nicht den Vater deren Kinder
stahl?

Ist Marias Lösung
nicht die einzig friedliche
bei solch' unglückseligen
Familienverhältnissen?

Familienverhältnisse,
die einst
Juden und Moslem
entzweiten,
bis auf den heutigen Tag.

Wie mag sich wohl Hagar,
die zweite Frau Abrahams
die Mutter der Moslems,
gefühlt haben,
als Abraham
sie in der Wüste zurückließ
nur mit einem Sack Datteln?

Wie mag ihr Sohn Ismael
gedacht und gefühlt haben
als er herangewachsen war?
Und was wird er seinen Kindern
und Kindeskindern
erzählt haben?

War Sarah,
die Mutter der Juden und Christen,
Abrahams erste Frau
gerecht,
als sie ihren Mann bat,
Hagar zu verlassen,
weil sie mehr forderte,
als ihr als Zweitfrauen zustand
in ihren Augen?

War es nicht hartherzig,
Hagar in der Wüste von Beersheba zurückzulassen,
wo sie nur durch einen Glücksfall
überlebte
und durch Ausdauer und Geduld
die Quelle Zam Zam fand.

Dort wo heute Mekka ist.

Die Suche nach der Quelle Zam Zam,
die heute noch jeder Pilger
als Ritual
auf seiner Pilgerreise nach Mekka
siebenmal nachvollzieht,
um an Hagars Not zu erinnern.

Der islamischen Überlieferung nach
hat Abraham mit Ismael
die Kaaba in Mekka erbaut.

Erzengel Gabriel habe Abraham
ohne Sarah
mit Hagar und Ismael
nach Arabien geführt.

Erst nach Vollendung der Kaaba,
hätte Abraham Hagar und Ismael
in die Wüste geschickt.

Und Gabriel
habe die Quelle Zam Zam
sprudeln lassen.

Ist es verwunderlich
das muslimische Frauen
angesichts einer solchen Härte
ihres Stammvaters Abraham
eher bereit sind
sich den geliebten Mann
zu teilen?

Hätte Sarah es dulden müssen,
mit ihr unter einem Dach zu leben
wie ihre muslimischen Schwestern?
Zu welchem Preis?

Wie mag wohl Isaak,
der Halbbruder Ismaels,
ihm gegenüber gefühlt haben?
Wie Kain gegenüber Abel?
Oder Abel gegenüber Kain?

Isaak,
der nach muslimischer Auffassung
zunächst von seinem Vater
verlassen aufwuchs,
weil Abraham zunächst Hagar folgte.

Isaak, der ebenso verlassen war
wie viele Söhne,
deren Väter polygamen Trieben folgen,
dem alt-testamentarischen Gott des
„Wachset und mehret Euch" gehorchend.

Isaak,
der von seinem Vater
diesem Gott
geopfert werden sollte
und nur in letzter Minute
durch seinen Gott gerettet wurde,
fühlte sich auserwählt,
gegenüber Ismael bevorzugt von Gott.

So wie seine Nachfahren
sich als auserwähltes Volk fühlen,
was ihnen viel Ärger gebracht hat
bis auf den heutigen Tag.
Wie viele
Isaaks
werden noch heute
von ihren Vätern
geopfert,
dem Gott
der befahl
„Wachset und mehret Euch?

Noch Heute
bekämpfen sich
Isaaks und Ismaels Nachkommen
erbittert.

Den Tempelberg
Palästina,
beanspruchen beide,
Imaels und Isaaks Söhne.

Kein Friede ist in Sicht,
im erbitterten Kampf
um Lebensraum
der Halbbrüder.

Abraham entschied sich,
nach jüdisch-christlicher Auffassung
für die erste Frau,
war ohne Mitleid für die zweite.

Ismaels Nachkommen
räumten beiden Frauen,
gleiches Recht ein.

Mohammed erlaubte es den Männern,
auch mehrere Frauen zu haben,
falls die Männer in der Lage wären,
sie in gleichen Maßen
zu versorgen.

Nur,
wie fühlte Fatima,
Mohammeds jüngste Tochter
als ihr Mann Ali
sich nach 10 Jahren Ehe,
eine Nebenfrau nehmen wollte?

Fatima,
deren Vater Mohammed
seiner Frau Khadidscha,
Fatimas Mutter 25 Jahre lang
bis zu ihrem Tod
treu geblieben war, starb.
Sie mußte Zweit-
und Drittfrauen
nicht ertragen.

Ihre Söhne
wurden zu Kämpfern,
wie viele Söhne,
aus den verschiedenen Stämmen
der Brüder
und Halbbrüder
zu Beginn des Islams
sich erbittert bekämpften.

Woher kam der Zorn,
die erbitterte Wut
einander zu töten?

Mohammed wurde erst im Alter polygam,
nachdem seine erste Frau
gestorben war
und er immer noch
abtar
das heißt
ohne männliche Nachkommen
geblieben war.

War es verständlich,
daß er einen Sohn zeugen wollte
wie die meisten Männer?

War es verständlich
daß Abraham
Nachkommen zeugen wollte,
da er kinderlos war
bislang?

Konnte man Zacharias verstehen,
dessen Ehe kinderlos war,
bis seine schon
in die Jahre gekommene
Elisabeth
doch noch ein Kind gebahr.

Was berieten
die Cousinen
Elisabeth und Maria
als Maria
in ihrer Schwangerschaft
drei Monate lang
bei Elisabeth war?

Es war derselbe Engel Gabriel
der Abraham führte
und Maria
die Geburt Jesu
verkündete.

Mit Jesu Geburt
sollte das Heil kommen
zu den Menschen,
die in der Sünde
verstrickt waren.

Wollte Gabriel
Maria eine bessere Lösung zeigen
als er Abraham zeigte?

Wie fühlen Frauen
und Kinder?

Wollen Frauen sich die Männer teilen?
Und Kinder die Väter sich teilen?

Opfern die Nachfahren Abrahams
auf dem Tempelberg
noch immer ihre Söhne,
kämpfen noch immer
die Halbbrüder gegeneinander
um ihre Existenzberechtigung
während das Gewissen der Welt,
das christliche Gewissen
zum Frieden aufruft?

Hat hier nicht Maria,
die Zweitfrau eines unbekannten Mannes,
nennen wir ihn einfach Zacharias,
nicht wirklich
eine friedliche Lösung gefunden,
für diese unglückselige Dreiecksgeschichte,
deren friedliche Lösung die Christen
alle Jahre feiern?

War es deswegen,
weshalb die Geschichte
von der heiligen Familie
solch´ einen Reiz ausübte
auf alle Menschen
in der Welt?

War es wegen
des weihnachtlichen Friedens,
der von dieser Geschichte ausging,
daß Menschen
in aller Welt
egal welcher Konfession
sich den Weihnachtsbräuchen anschlossen
rund um den ganzen Globus?

Daß auch nicht-christliche Frauen
mit ihren Kindern
in Deutschland
und andernorts
Weihnachten feierten,
weil es die Kinder
so wollten?

Die Kinder,
die die heilige Familie fordern,
ohne Erwachsenenlügen
und Gezänk.

Denen es notfalls egal ist,
ob Vater oder Nichtvater,
Hauptsache ungeteilter Vater,
mit väterlichen Eigenschaften,
egal
ob blutsverwandt oder nicht.

Geschah deshalb
gerade an den Weihnachtstagen
so viel Gewalt
aus Weihnachtszorn
und Weihnachtslügen,
die an Weihnachten ans Licht kommen?

Weil Weihnachten
nicht teilbar ist.

Und wir das außereheliche Kind
nicht verleugnen können,
ob es uns paßt
oder nicht.

Weil gelebte Lügen
alles zerstören,
jedes Vertrauen,
den Frieden
untereinander.

Und nur
die Annahme dieses Kindes,
geboren aus Schuld,
der Schuld aller Todsünden
zugleich,
mit seinen
ihm innewohnenden Fähigkeiten
konnte den Frieden bringen,
konnte der Erlöser sein,
bei allem Übel,
das durch seine Existenz entstand.

Nachwort:

Doch leider
handelte bislang
die Maria
in unserer Geschichte
so wie viele Marias heute
und früher nicht
wie die wirkliche Maria
vor 2000 Jahren.

Schließlich war sie eine
ganz normale Maria,
menschlich
und nicht göttlich.

Obwohl der Engelsgruß
sie tagtäglich
an ihre Botschaft
erinnern sollte.
Sie hörte nicht auf,
Zacharias zu verführen,
und zu versuchen,
seine Ehe zu zerstören,
brachte viel Leid dadurch.

Auch Zacharias
konnte bislang
der Versuchung
nicht widerstehen,
ebenso nicht
wie viele Zacharias
überall auf der Welt
nicht aufhören können,
Marias zu begehren.

Nur Hoffnung
bleibt
für Elisabeth.
und die Liebe
und der Glaube.

Überall auf der Welt leiden
Josefs und seine Kinder.
Oft schmieden sie Rachepläne,
die meist andere
als Zacharias
ausbaden müssen.

Überall,
auf allen Kontinenten
leiden Elisabeths
und ihre Kinder,
Ihr Zorn steigert sich oft
ins Unfaßbare
aus Wut
über das verlorene Glück.

Die Wut
macht Söhne
zu Kämpfern.

So ist es auch heute noch
2000 Jahre nach Christi Geburt.

Das unschuldige Kind
zieht allen Haß auf sich.

Hier konnte bisher
kein Angelusläuten helfen.

Doch ist irgendwo
im Jahre des Hale-Bopp
ein wirkliches Christkind geboren,
das erreicht hat
aus Liebe
sich eine eigene,
heilige Familie
zu schaffen?

Mit einer Frau
wie der wirklichen Maria,
einem Mann
wie dem wirklichen Josef
vor 2000 Jahren?

Wir sollten es suchen
in dieser trostlosen Zeit,
die alle Regeln
des Zusammenlebens vergißt.

In der
wie schon immer
die Liebe
das höchste ist,
wonach wir streben.

Alle,
Josef,
Maria,
das Kind,
Zacharias,
Elisabeth,
ihre und Marias Kinder,
und alle,
alle Menschen
auf der Welt.

Gibt es eine bessere,
friedlichere Lösung
für dieses uralte
Menschheitsproblem?

Eine bessere
als die,
die wir alle Jahre
feiern?

Eine Lösung,
die wirklich Frieden bringt?

Die uns erlöst,
von den Sünden,
die dieses Problem
nach sich zieht?

Oder
müssen wir
im neuen Jahrtausend
die Rollen vertauschen?

Aus Josef
würde Elisabeth,
aus Maria
Zacharias
aus Liebe zu einander
und zu dem Kind.

Wäre eine Josefsehe
bei solchen Zuständen
nicht die einzige
friedliche Lösung?

Mit Engelsgeduld,
der Sturheit eines Esels,
Marias Enthaltsamkeit,
Josefs stillem Einverständnis.
Könnte die Ochsentour gelingen.

Wenn Hirten,
Engel,
die drei Könige
und alle helfend
Unterstützung leisten,
dies arme,
Schutz bedürftige Kind
anzuerkennen.

*Ist dies
das eigentliche
Weihnachtsgeheimnis?*